喂，你說錯了吧，是夏天還真熱啊。
啪！
露天劇場
伊豬豬
魯豬豬

恰喀恰鈴恰鈴鈴
不好意思，獻醜了！
露天劇場
伊豬豬
魯豬豬
拍手 拍手 拍手 拍手 拍手 拍手 拍手

怪傑佐羅力之妖怪大作戰

文·圖 **原裕** 譯 王蘊潔

夏天到了，佐羅力三人在炎炎的烈日下趕路，繼續他們的旅程。
我的媽媽呀，熱死人了，熱得人渾身沒力氣，連身體勇健的本大爺，也要熱昏頭，什麼事都不想做了。
熱熱熱，熱得人頭昏昏、腦空空

炎炎烈日
冷氣機——冷氣機——
好想要——好想要——
買不起冷氣機，
至少也要來一臺，
涼爽的電風扇。
電風扇也買不起呀！
最好妖怪現身，嚇得我們
渾身發抖、冒冷汗
就會覺得涼一點啦！
嘿吼！嘿吼！嘿嘿吼！——呀！！
都怪伊豬豬隨隨便便亂唱歌，
結果——

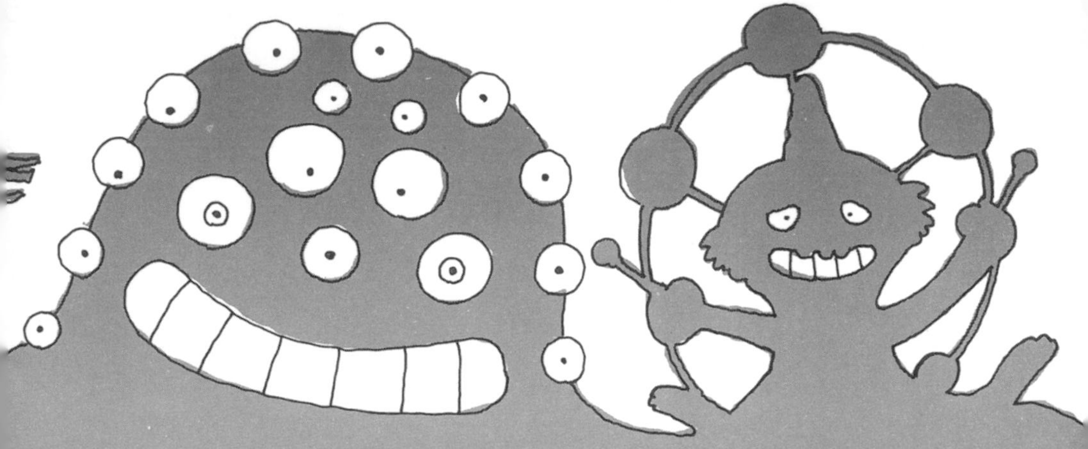

——結果他們、他們真的
真的被一大群妖怪包圍了。
嚇、嚇、嚇、嚇、嚇——死人了啦。
剛才身體因為太熱流出來的汗水，
一下子全都變成冷汗了。

「伊豬豬，
誰叫你亂唱歌。
趕……趕快……
趕快改歌詞啦。」

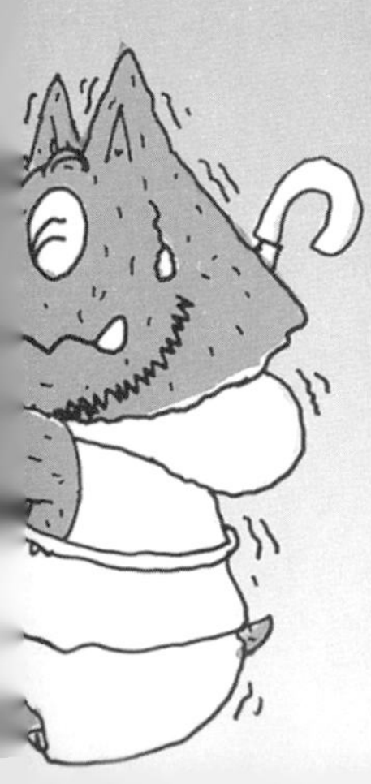

連佐羅力也忍不住渾身發抖的說。

「就算再、再熱我也會忍耐的，各位妖怪請你們回家吧。」

就在伊豬豬哭著拜託的時候，突然，一個妖怪衝了出來。

「佐羅力大師，我有一件事想要拜託你，我已經找你很久了。」

「咦？你、你不是妖怪學校的老師嗎？」

之前佐羅力曾經大顯身手幫助過這位妖怪學校的老師，所以他們彼此很熟悉。

「你有事要拜託本大爺？」

☆想深入瞭解妖怪學校的人，建議你們看以下幾本書：

- 怪傑佐羅力之恐怖的鬼屋
  邪惡幽靈船
  恐怖足球隊

「是的。這幾個上了年紀的老妖怪，現在不管是誰看到他們都不會感到害怕了。我很希望你能夠幫助這些老妖怪找回他們身為妖怪的自信。佐羅力大師，我相信天底下除了你以外，沒有人能夠完成這項任務。」

佐羅力仔細看了看站在妖怪學校老師身後，那幾個看起來垂頭喪氣的老妖怪。

活力的大集合

到底怪傑佐羅力能不能讓這些又老又虛弱的老妖怪們重新恢復活力呢？

舔汙垢妖怪

我以前常常去舔浴缸的汙垢，也愛舔不洗澡的小朋友，讓人覺得噁心。最近，大家都變得愛乾淨了，浴缸刷得很乾淨，小朋友也每天洗澡，我都沒有髒東西可以舔了。

洗紅豆妖怪

以前一到晚上，
都會站在路邊
洗紅豆嚇人，但是
現在的年輕人，
就算聽到洗紅豆的聲音
也不會害怕，
唉，我老了，
已經不中用了。

☆**紅豆**
已經洗紅豆
洗很多年了，
特別會挑選
優質的紅豆。

打雷爺爺

我是打雷爺爺
年輕的時候，
可以一次打下
一百萬伏特的巨雷，
現在功力大減，
打出來的電力
最多只能勉強供應
四張半榻榻米
那麼小的房間使用。
看來只好退休了。

因為年紀太大而缺少
日本妖怪

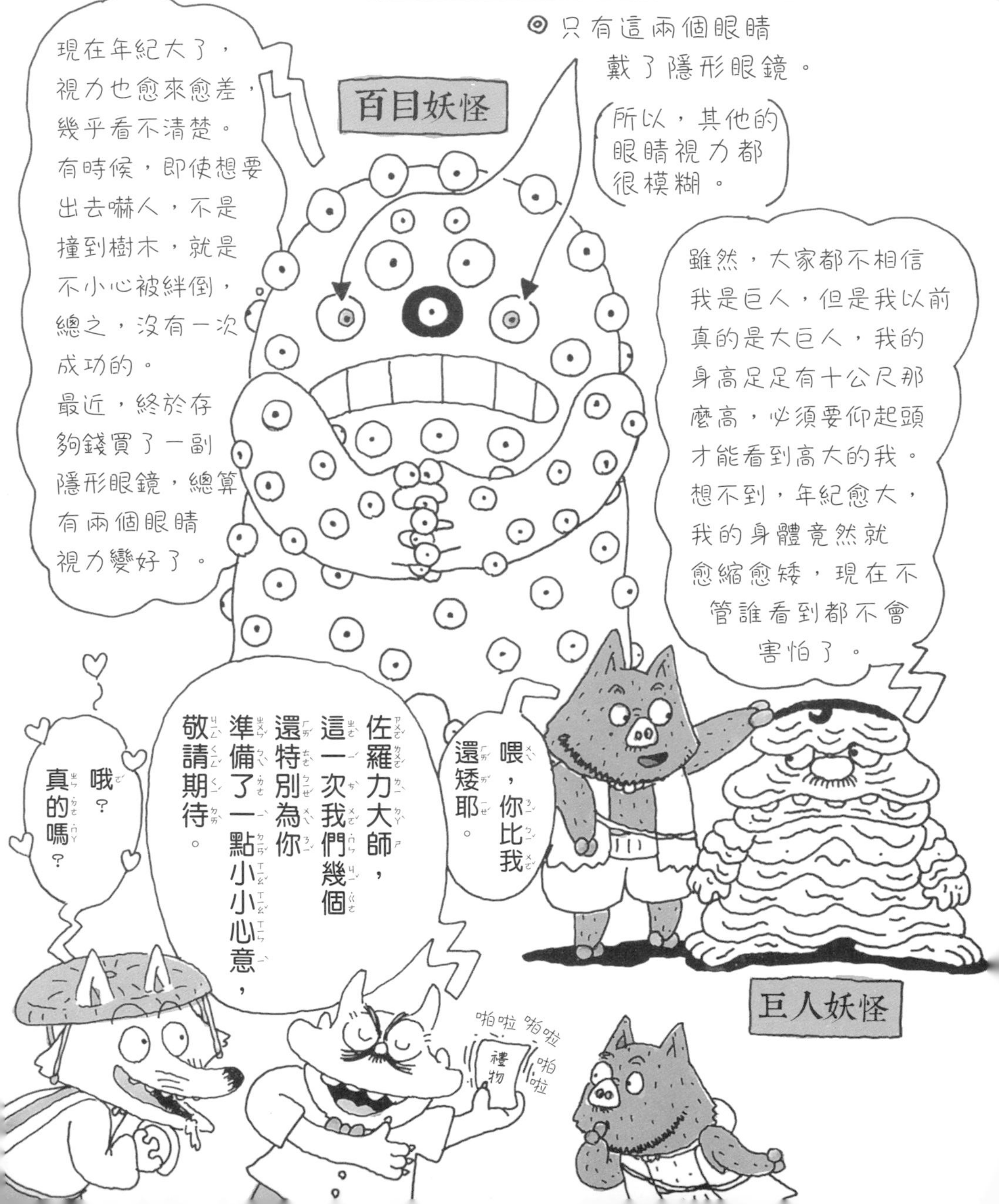

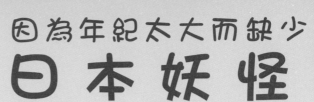

「好，交給我。年齡不是問題，關鍵在於鬥志，沒錯，就是鬥志。看我的，我一定會讓他們變回最厲害的妖怪，保證年輕人一看就忍不住發抖，放心，包在我身上!!」

佐羅力咚、咚的用力拍著胸脯說。

「哇呵呵，真不愧是佐羅力大師，有你這番話，我就放心啦！」

「可是，要嚇人得要有嚇人的舞臺才行，

我們先去找一棟可以改造成
鬼屋的房子。」

「佐羅力大師，請你不必為這件事操心，
我已經在這座深山裡，找到一棟
很理想的房子。」

「呵，你準備工作做得很充分嘛。」

於是，佐羅力一行人在
妖怪學校老師的帶領下，
走進了深山——

——他們走著走著果然看到一棟很適合妖怪居住的房子。

那是一棟搭了稻草屋頂的破房子。

呵，不錯，
真不錯啊，
這棟房子
破破爛爛的，
一看就像是鬼屋。
好，我們就
在這裡等著，
只要有人經過，
就好好嚇嚇他們。

可是，這棟房子
蓋在很偏僻的深山裡，
兩天過去了，三天過去了，
沒有半個人經過。
更讓他們受不了的是，
天氣實在太熱了。
白天太陽高掛，
把人晒得頭昏腦脹。

到了晚上又變得十分悶熱，讓人睡不著。最後，大家都懶洋洋的，一點幹勁也沒有。

於是，魯豬豬提出一個建議。

「我們去買一臺冷氣機吧，有了冷氣，屋子裡就會變得涼快、舒服，這樣就會有鬥志了。」

大家聽了，都一致同意他的意見，紛紛拿出自己僅有的零用錢，打算合資買一臺二手冷氣機。

那我去買嘍。
大家的零用錢都是硬幣。

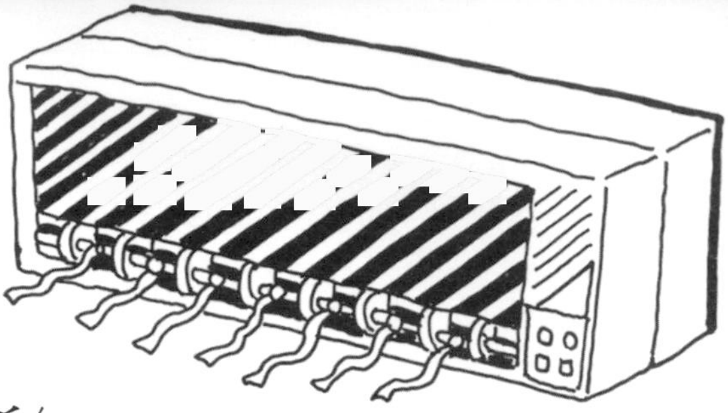

呼——呼——

再舊的冷氣機也是冷氣機，

屋子裡很快就變得很涼快，

笑容再度回到了

所有人的臉上。

這下子，大家終於可以

鬆一口氣，

輕輕鬆鬆、開開心心的

做自己喜歡的事。

就在這個時候，佐羅力突然神情慌張、急急忙忙的衝進屋裡。

「你們這些笨蛋，現在可不是玩的時候。快！你們瞧瞧外面！快瞧瞧外面啊！」

窗戶外，一群小學生在老師的帶領下，
正從山上走下來。
他們一定是剛剛郊遊結束，
準備下山回家了。
這可是從天而降的大好機會，
絕對不能錯過。
可是，到底要怎麼做
才能把那些小學生吸引過來，
讓他們到這棟房子來呢？

這可難不倒天才佐羅力，他立刻想到了一個好主意。

「打雷爺爺，可不可以請你去外面下一場暴風雨？」

「暴風雨嗎？現在的我不知道還有沒有這個能力耶。」

打雷爺爺不太有自信的走了出去。

轟隆隆，轟隆隆隆……

打雷爺爺用盡全身的力量，用力的敲著鼓，

那群小學生的頭上果真下起雨來。

但是很可惜，

那並不是什麼暴風雨，

只是一場很小的

雷陣雨而已。

啊唷，看來我的力量還不小嘛。功力不算退步。
小朋友都跑到我們的房子那裡去了。
閃
閃
轟隆隆隆隆
啊——是打雷！我最討厭打雷了！
老師，你看，那裡有一棟房子。
奇怪，怎麼會只有我們的頭上在下雨？真是有夠奇怪！

對不起，請問有人在嗎？可不可以借我們躲一下雨？
咚咚咚咚咚咚咚咚
來了來了，他們來了。
佐羅力大師簡直是金頭腦！

「嗚嘻嘻嘻，打雷爺爺幹得好，
一切都在我的意料之中。
好，就讓他們好好見識一下
到底可怕的妖怪會有多可怕。」
在佐羅力的命令下
所有的妖怪
全都躲到
最裡面的房間。

你們兩個也快到裡面的房間去。

然後，佐羅力變了裝假扮成老太婆的樣子，開門讓小朋友進屋來。
快進來，快進來，讓你們久等了。
因為佐羅力變裝很成功，可能連讀者也認不出他了。其實他就是佐羅力喔。
想不到這裡竟然有房子，真是太好了。
在雨停之前，請暫時讓我們在這裡躲雨。
哎呀，都已經傍晚了，等到雨停了，天也黑了，山上黑漆漆的，你們一定會在山上迷路，不如今晚就住在這裡吧，聽我的準沒錯。

說的也是，我不能讓學生遭遇到危險，那我們就接受你的好意，今晚在這裡借住一晚吧。真的很謝謝你，打擾了。
對啊，對啊，就這麼辦。嘻嘻呵呵嘻嘻。
嗯，家裡實在沒有什麼好招待的，我現在馬上去準備晚餐，請你們稍等一下唷。
沒有關係，不用招呼我們。

不一會兒，
所有的小朋友面前
都有一份晚餐了。

吃吧，吃吧，
快吃吧。
千萬不要客氣。
你們看，
這些餐具
也都是我做的呵，
很雅致吧？

佐羅力和妖怪們
精心製作的晚餐內容！！

切開的鵪鶉蛋
漢堡排
番茄醬
小香腸
番茄義大利麵
叉子
湯匙
豆芽菜
白飯
豆腐味噌湯
辣味明太子
雖然看起來很噁心，但是味道很不錯唷！
小朋友們，謝謝老婆婆辛苦的幫我們做了晚餐，大家一起開動吧。
做得真難看。

吃完飯以後，佐羅力婆婆
一邊收拾碗盤，一邊問大家：
「聽說，這棟房子晚上會有妖怪出現，
你們會不會怕呢？」
小朋友都回答：
「哼，這個世界上根本
沒有妖怪和鬼怪，
那些都是迷信啦。」
「對啊，是因為自己心裡覺得害怕，

所以才會把很多東西看成妖怪。」

「呵，你們老師教得真好，
你們也都很聰明唷。
婆婆這裡沒有電視，
你們一定都覺得很無聊吧，
不然，在睡覺之前，我來說個故事
給你們聽……」

佐羅力婆婆的話
還沒有說完——

①關掉房間的燈
②打開蠟燭電燈
③放可怕的音樂
喀鏘
☆在後面忙成一團的伊豬豬和魯豬豬

——突然，所有的燈一下子全暗了下來，只有牆壁上的蠟燭亮起來，還響起了可怕的音樂聲。

「呵，這棟房子雖然看起來很舊，但沒想到東西都是全自動的。」

小朋友紛紛露出佩服的表情，佐羅力婆婆決定不理會他們，開始說故事。

塑膠
燈泡

洗紅豆妖怪的恐怖故事

很久很久以前，有一個女人，
在深夜裡走過河邊。
她忽然聽到一陣「沙、沙」聲，
像是洗紅豆的聲音，她覺得很奇怪，
回頭一看……
沙～
沙～
沙～
她看到身後有一張很可怕的臉，
是洗紅豆妖怪出現啦。
你看到我了！
於是，那個女人就這樣
被推進河裡了。
嗚
哇

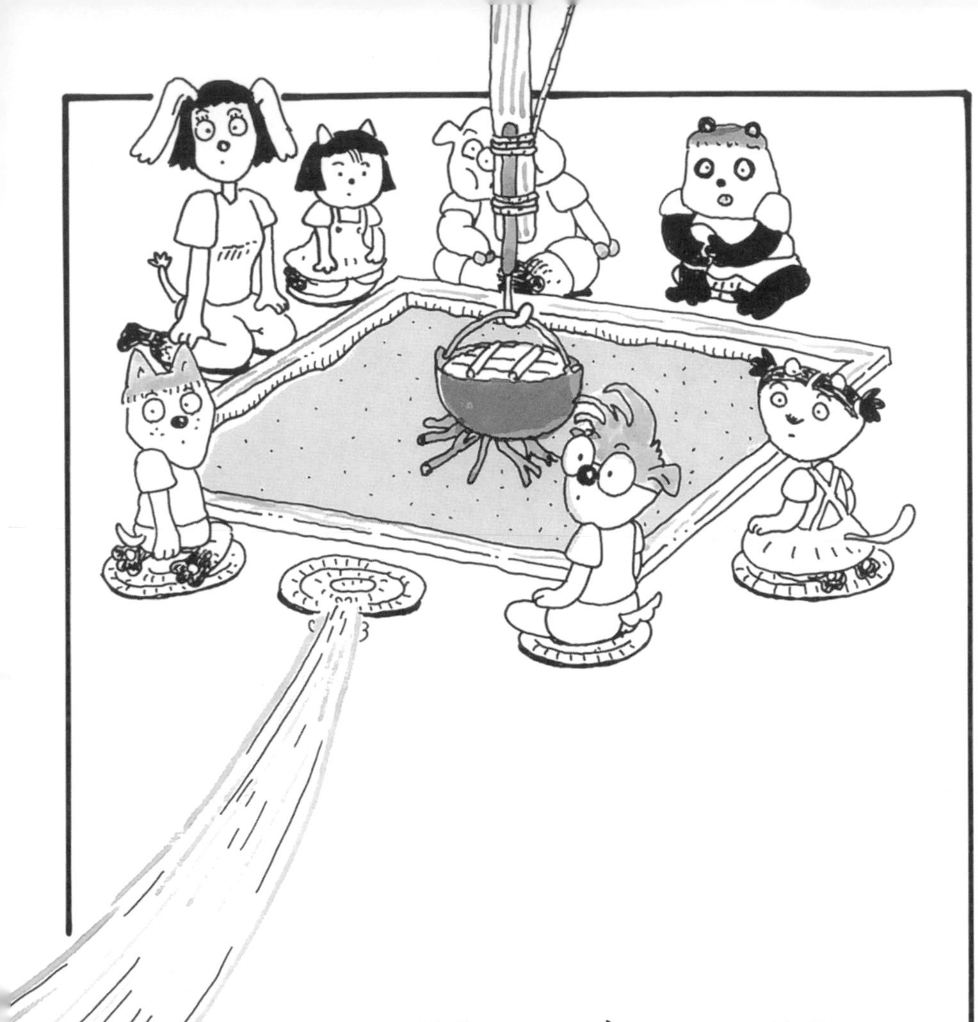

故事說完之後，
佐羅力婆婆說：
「大家稍等一下，
我去倒茶。」
她一說完，
就馬上走出房間。

佐羅力婆婆走回妖怪的房間，
他對洗紅豆妖怪說：
「嗚嘻嘻嘻，
我已經製造了很可怕的氣氛，
他們心裡一定覺得毛毛的，
如果現在讓他們看到真正的
洗紅豆妖怪，一定會嚇得半死。
去吧，拿出自信來，
去嚇嚇他們。」

紙門輕輕的拉開，
蒼白的燈光，
照著洗紅豆妖怪，
她慢慢走了出去。
沙、沙、沙。
沙、沙、沙。
她一邊洗紅豆，
一邊往前走，
可怕的臉上露出笑容。

老師一看到洗紅豆妖怪，

大聲叫了出來。

只見老師飛奔到
洗紅豆妖怪的身旁，對她說：
「我問妳呵，
這些紅豆看起來這麼有光澤，
一定是北海道來的
高級紅豆吧。
說真的，我對做菜很講究，
我很少看到
這麼漂亮的紅豆。

這麼好的紅豆，
一定可以煮出
很好喝的紅豆湯。」
「對啊，很少有人像
老師一樣觀察得這麼仔細，
老師，你真有眼光。」
洗紅豆妖怪聽到老師稱讚
她引以為傲的紅豆，
覺得既開心又得意。

不一會兒，
洗紅豆妖怪走回房間，
佐羅力看到她的手上
拿的不是裝紅豆的竹簍，
而是端了一鍋滿滿的紅豆湯。

「大家快來吃吧，
這是老師煮的紅豆湯，
她讓我拿來給大家吃。」

只有佐羅力婆婆
滿心不高興的斜眼瞪著
津津有味吃著紅豆湯
的妖怪們，
怒氣沖沖的端茶
往小朋友們
的房間走去。

第一次吃到這麼好吃的紅豆湯。

「小朋友，來喝杯茶吧，
你們剛剛吃完紅豆湯，
一定會覺得婆婆泡的茶
喝起來特別香呵。」

佐羅力婆婆才剛剛
為所有人倒完茶，接著，
可怕的音樂聲再次響起。

「來吧，來吧，我來
繼續說故事。」

百目妖怪的恐怖故事

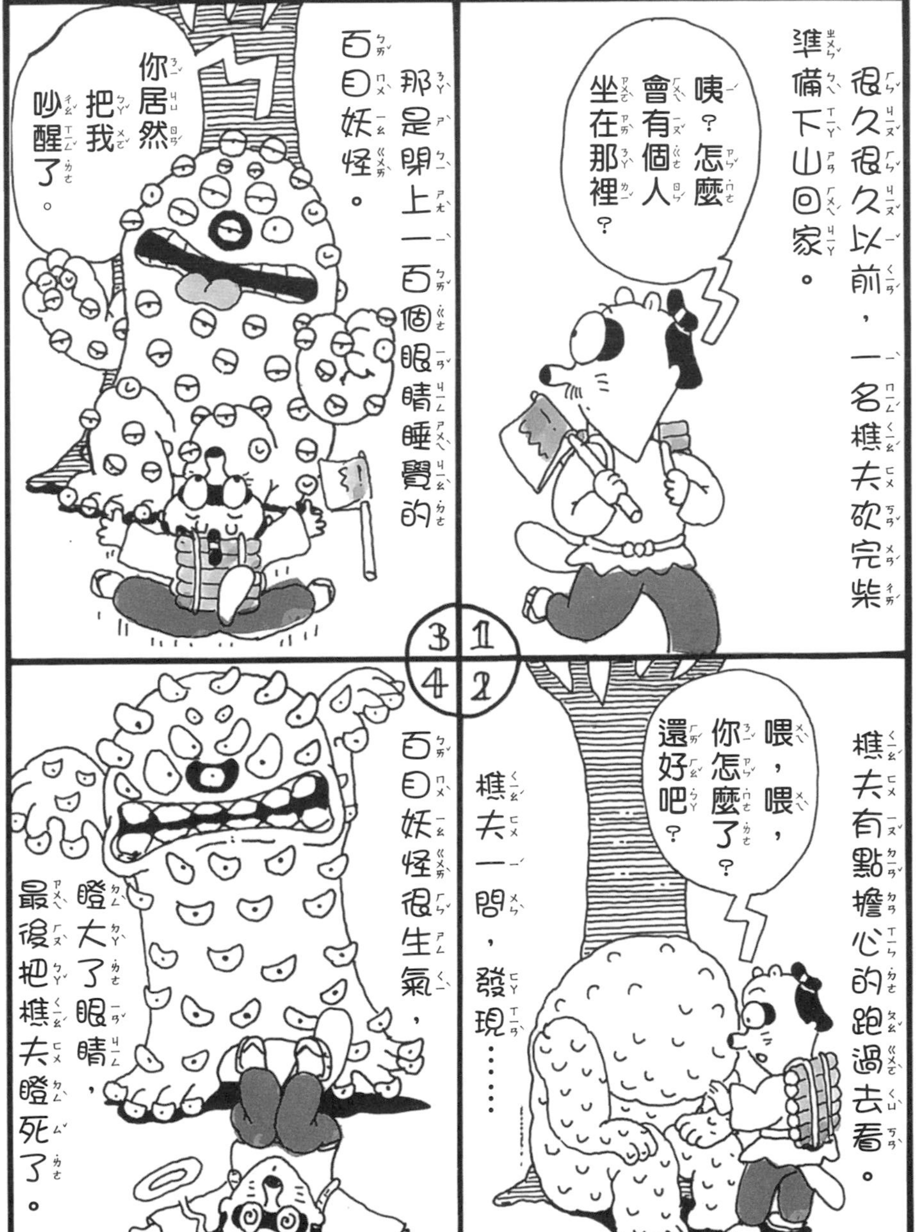

很久很久以前，一名樵夫砍完柴準備下山回家。
咦？怎麼會有個人坐在那裡？
樵夫有點擔心的跑過去看。
喂，喂，你怎麼了？還好吧？
樵夫一問，發現……
那是閉上一百個眼睛睡覺的百目妖怪。
你居然把我吵醒了。
百目妖怪很生氣，瞪大了眼睛，最後把樵夫瞪死了。

故事說完，
佐羅力婆婆說：
「哎呀，
我得去一下廁所，
年紀大了，
整天都想
上廁所。」
然後，
就走出了房間。

佐羅力婆婆回到房間後，
把百目妖怪找來，說：
「你的樣子本來就很可怕，
我可以想像只要你一走出去，
他們肯定就會嚇得臉色發白、
嚇得眼珠子都掉出來。
來，打起精神，
去徹底的嚇嚇他們吧。」
佐羅力用力推了推百目妖怪的背。

紙門用力拉開，
被推出來的百目妖怪
煞車不及，
一下子衝到
小朋友面前。

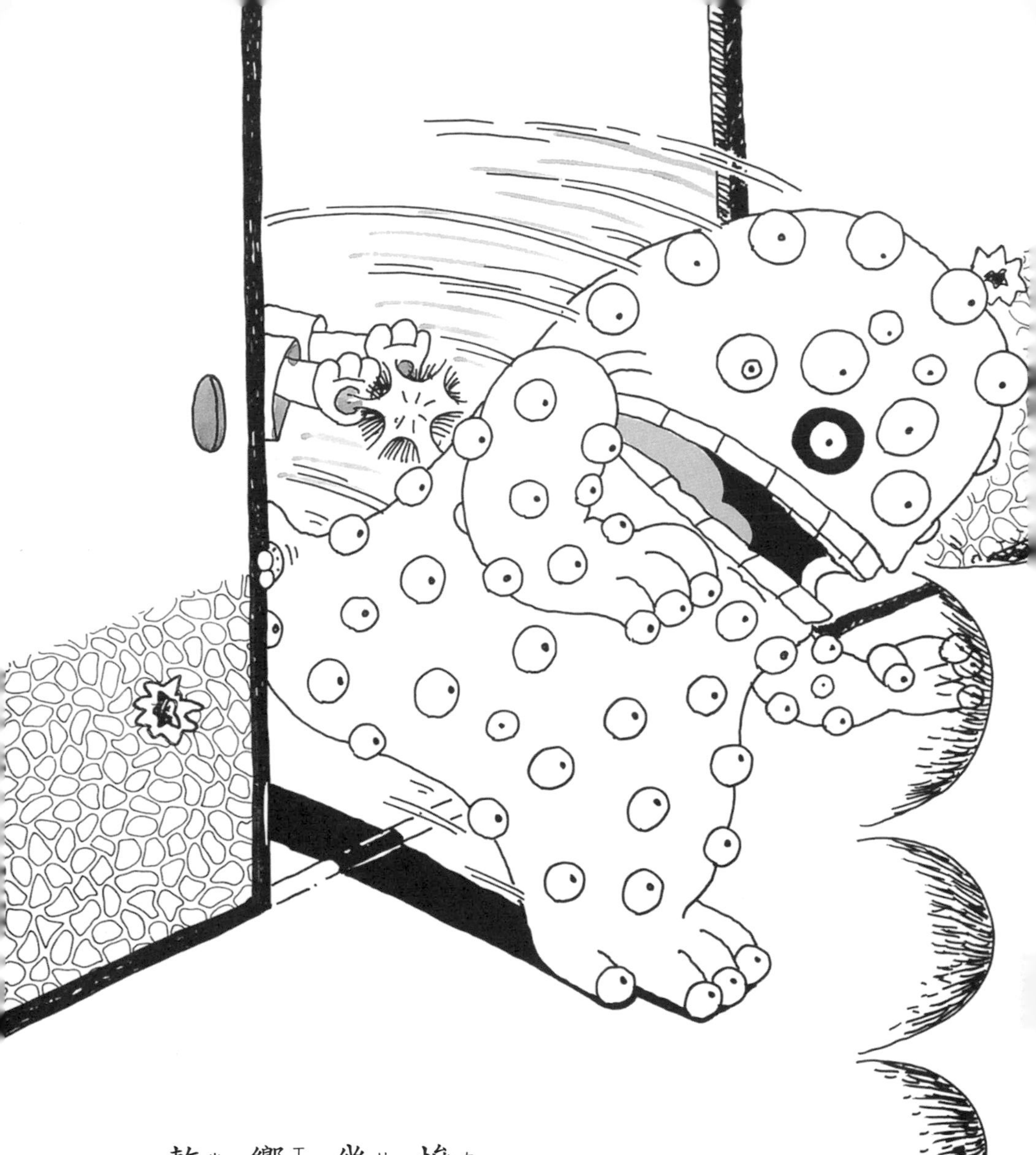

一個巨大的慘叫聲，幾乎響遍了整個房間。

但是，發出慘叫聲的
不是小朋友，
也不是老師，
而是百目妖怪自己。

「拜託！
拜託大家都不要動，
我心愛的隱形眼鏡不見了，
請大家幫我找一下，
請千萬小心，不要踩破了，

拜託你們了。」
百目妖怪一邊說，
露出快哭出來的表情。
「咦，隱形眼鏡不見呀，
那可真傷腦筋。」
於是，老師和小朋友
都把臉貼在地上，
大家一起幫忙百目妖怪
找隱形眼鏡。

「找到了，
找到了！
大家幫我找到了。」
百目妖怪一副
鬆了一口氣的樣子。
他把隱形眼鏡
很小心的拿在手指上，
回到佐羅力他們的房間。
「真是太好了，

我好不容易才存夠錢買了這副隱形眼鏡，萬一找不到就慘了，真是讓我嚇出一身冷汗。」

「你這傢伙，嚇出什麼冷汗？」佐羅力氣得火冒三丈，大步走向小朋友的房間。

「對不起，對不起，
婆婆剛才尿了很多尿。
尿完了，渾身都舒暢了，
來，我們再來說下一個故事吧，
我要說下一個故事嘍。」
佐羅力婆婆才一屁股坐在座墊上，
不知道從哪裡飄來一股
臭臭的味道，
又腥又臭。

舔汙垢妖怪的超恐怖故事

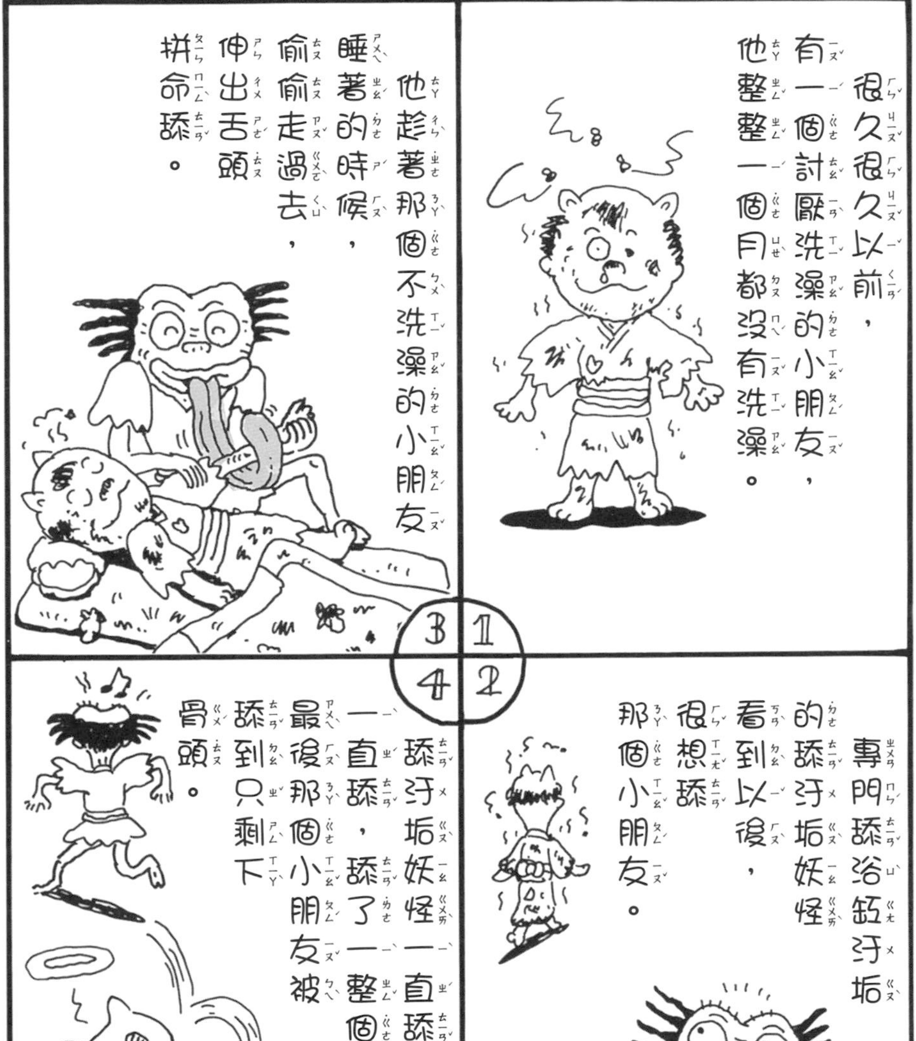

1
很久很久以前，有一個討厭洗澡的小朋友，他整整一個月都沒有洗澡。
2
專門舔浴缸汙垢的舔汙垢妖怪看到以後，很想舔那個小朋友。
3
他趁著那個不洗澡的小朋友睡著的時候，偷偷走過去，伸出舌頭拼命舔。
4
舔汙垢妖怪一直舔，一直舔，舔了一整個晚上，最後那個小朋友被舔到只剩下骨頭。

佐羅力婆婆說完故事以後，大家好像都覺得背脊有點涼涼的。

「啊啦啦，

時間已經這麼晚啦，

大家一定都累了吧？

真是不好意思，婆婆這裡沒有被子，

今天晚上大家就在火爐邊睡覺吧。」

佐羅力婆婆一邊說，一邊站起來。

這時候，老師問：

「請問，睡覺之前，我們可不可以先洗個澡？剛才下雨，我們的腳上都沾到了泥巴。」

「真是對不起呀，這裡的浴室壞了，不能用唷，今天晚上就請你們忍耐一下嘍。嗚嘻嘻嘻。」

佐羅力婆婆發出一陣可怕的笑聲，接著走出了房間。

「那就沒辦法了，
不過有個地方可以睡覺，
總比露天睡在野地裡好，
我們要心存感恩。
來，大家躺下來睡覺吧。」
老師一聲令下，每一個小朋友
都躺下來，閉上了眼睛。
這個時候，紙門悄悄的、無聲的
拉開了……

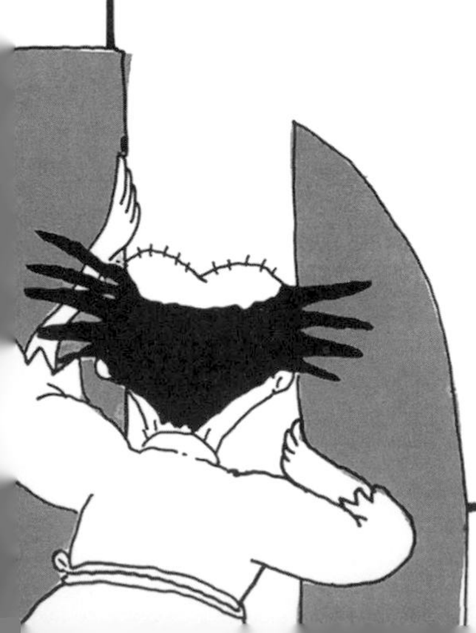

舔汙垢妖怪從紙門裡探出頭來，
然後，張開嘴巴，
吐出鮮紅的舌頭，開始舔小朋友沾滿泥巴的腳。

啊！嗚啊！嗚哇！

小朋友全都驚叫起來。

但是，他們並不是害怕舔汙垢妖怪，
而是突然覺得腳底很癢，
結果全都醒了過來。
他們醒來低頭一看，
發現原本髒兮兮的腳底
都變乾淨了。
「謝謝你呀，真不好意思呢，
原本腳髒髒的，覺得很不舒服。」
其中一個男生特地向舔汙垢妖怪道謝。

但是，老師卻有點生氣，她對舔汙垢妖怪說：

「你要注意，你不能一直舔髒東西，這樣會拉肚子，如果以後還想舔東西，就舔這個吧。」

老師不知道拿了什麼東西送給舔汙垢妖怪。

舔汙垢妖怪拿著老師送給他的東西，
一邊舔得津津有味，
一邊走回了佐羅力他們的房間。
「佐羅力大師，請問
這是什麼東西啊？
我舔我舔我舔舔舔。」
「這不就是好吃的巧克力嗎!!」
佐羅力看了，
有點羨慕的回答。

「呵，這就是巧克力啊，我舔了好幾百年的汙垢，都不知道世界上還有這麼好吃的東西耶。從今天開始，我不要再當舔汙垢妖怪了，我要當舔巧克力妖怪。」

佐羅力聽了，整個人都洩了氣。

好羨慕
好羨慕
好羨慕
好羨慕
好羨慕
好羨慕

最後，妖怪軍團裡面
只剩下渾身皺巴巴、
身材縮小得
比小朋友更矮小的
巨人妖怪。

「嗯……我看你即使這樣走出去，
也嚇不倒任何人。」
佐羅力雙手交叉，抱著手臂，
看著巨人妖怪，思考起來。

「好吧！那就趁小朋友睡覺的時候，
做一個巨人妖怪的大玩偶機關，
讓他們要抬起頭才能看得到。
然後，由巨人妖怪來操作這個機關，
回想一下當年的威風，好好鬧一鬧。
啊喲，沒時間了，大家快來幫我啊。」

佐羅力馬上開始動手規畫
巨人大玩偶機關的設計圖。

接著……

機關的祕密!!
天亮的時候，靠著大家齊心協力，終於完成了巨人大玩偶機關。
因為只能容納八個人，所以你不能進去。
好的，我會在外面看你們的精采表現。
•各位讀者，久等了～～終於能變身成怪傑佐羅力了。
百目妖怪
機關是用氣球做的，只要折疊起來，就算要移動也很方便。
•舔汙垢妖怪負責操作左手的手指。
搬到目的地之後，從機關底部用力吹氣把它吹得鼓起來。
•足足有八公尺高的巨人大玩偶機關完成！
•這台電視可以看到眼睛的位置所拍到的外面情況。

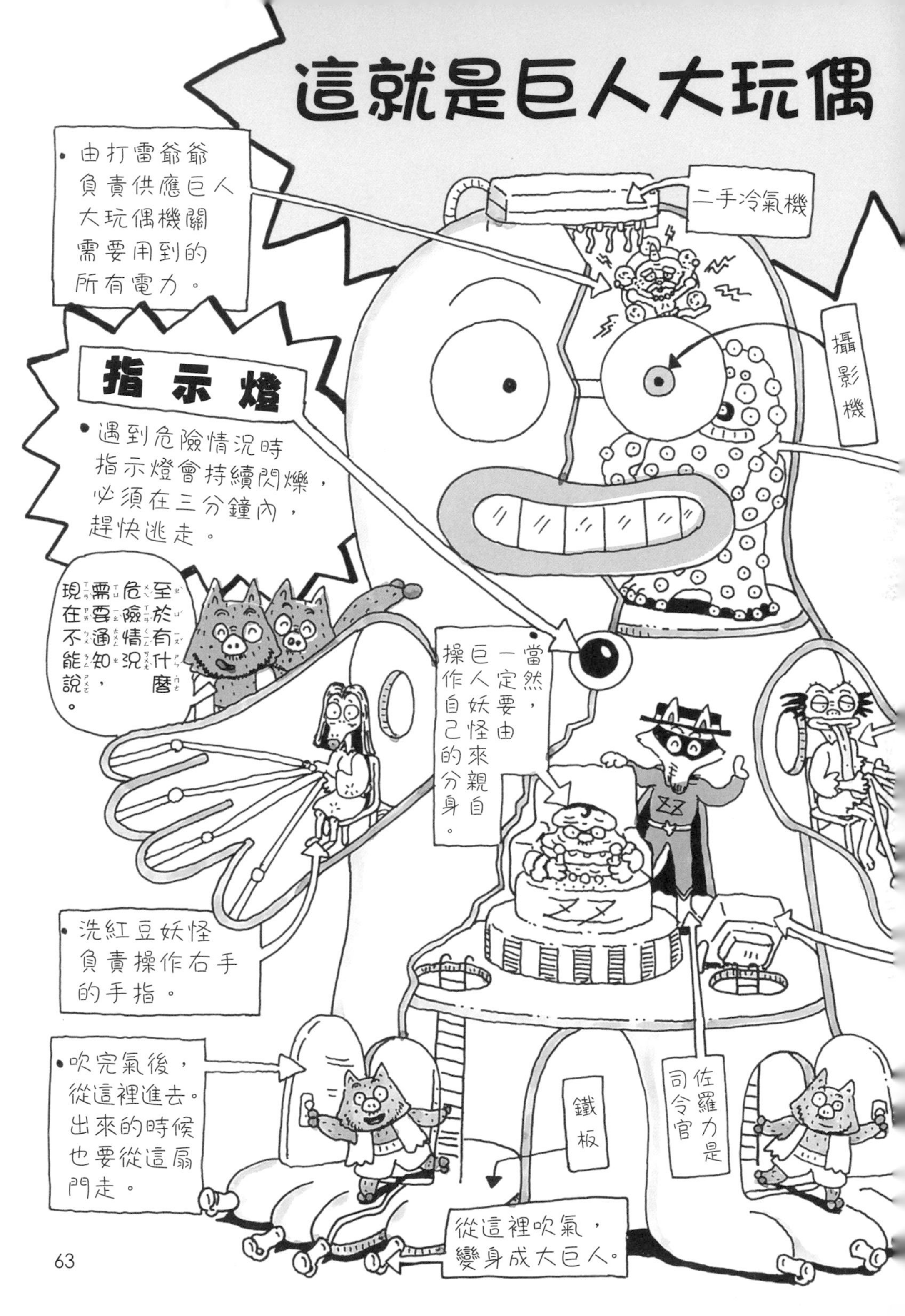
這就是巨人大玩偶
由打雷爺爺負責供應巨人大玩偶機關需要用到的所有電力。
二手冷氣機
攝影機
指示燈
遇到危險情況時指示燈會持續閃爍，必須在三分鐘內，趕快逃走。
至於有什麼危險情況需要通知，現在不能說。
當然，一定要由巨人妖怪來親自操作自己的分身。
洗紅豆妖怪負責操作右手的手指。
吹完氣後，從這裡進去。出來的時候也要從這扇門走。
鐵板
佐羅力是司令官
從這裡吹氣，變身成大巨人。

佐羅力他們合力把折疊起來的巨人大玩偶機關搬到小朋友睡覺的房間，

然後，一口氣把機關吹起來。
呼～呼～
哈，真厲害。

喀啦喀啦喀啦
嗚哇啊啊，有妖怪～～

聽到屋頂塌下來的聲音，小朋友都驚醒了，一睜開眼，就看到又高又大的巨人站在他們面前。

啊呀，小朋友趕快逃。
老師和小朋友一個個臉色發白、尖聲驚叫，往門外衝了出去。
好、好大，好可怕。
救命啊——

清晨的陽光，
照射在山路上，
老師和小朋友們
不停的逃跑。
由巨人妖怪操作的
巨人大玩偶機關
邁著沉重的步伐，
在後面咚咚咚的
追趕著。

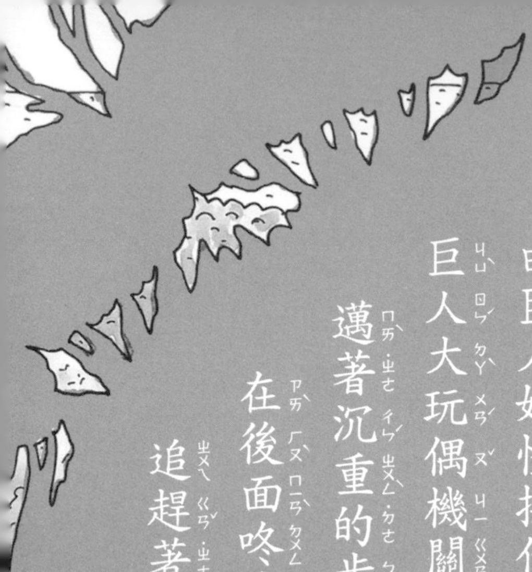

最後，

終於——

——老師和小朋友
都被逼到了懸崖邊，
無路可逃。

懸崖下面
是一片藍色的大海，
大海中冒出很多
堅硬的岩石。

「老師……
怎麼辦？
沒有路可以退了。」

小朋友都哭了起來，
就在這時——

——巨人大玩偶機關胸前的指示燈突然嗶嗶嗶閃了起來。
嗶嗶嗶
怎麼了？怎麼了？發生什麼事了？伊豬豬，魯豬豬，趕快解釋一下。

伊豬豬・魯豬豬的指示燈祕密

如果二手冷氣機壞掉的話，指示燈就會發出嗶嗶嗶的叫聲。
如果天氣太熱，冷氣機壞掉的話，巨大玩偶機關裡面就會變成像蒸籠一樣充滿熱氣，非常危險。

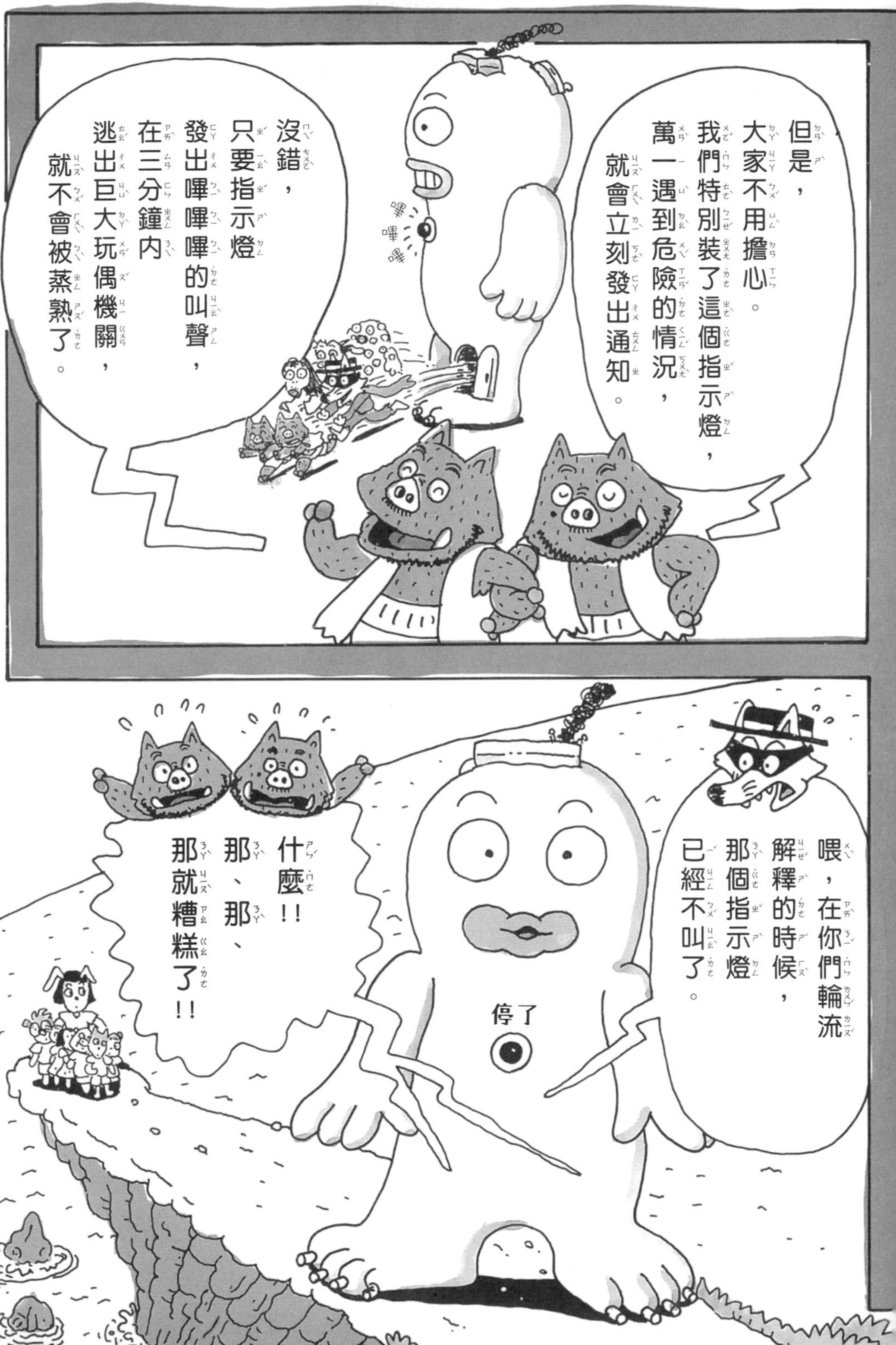
但是，大家不用擔心。我們特別裝了這個指示燈，萬一遇到危險的情況，就會立刻發出通知。
嗶嗶嗶
沒錯，只要指示燈發出嗶嗶嗶的叫聲，在三分鐘內逃出巨大玩偶機關，就不會被蒸熟了。
喂，在你們輪流解釋的時候，那個指示燈已經不叫了。
停了
什麼!!那、那、那就糟糕了!!

伊豬豬和魯豬豬說的沒錯，巨大玩偶機關裡，變得很熱，熱得像蒸籠一樣。

佐羅力拼命大叫，

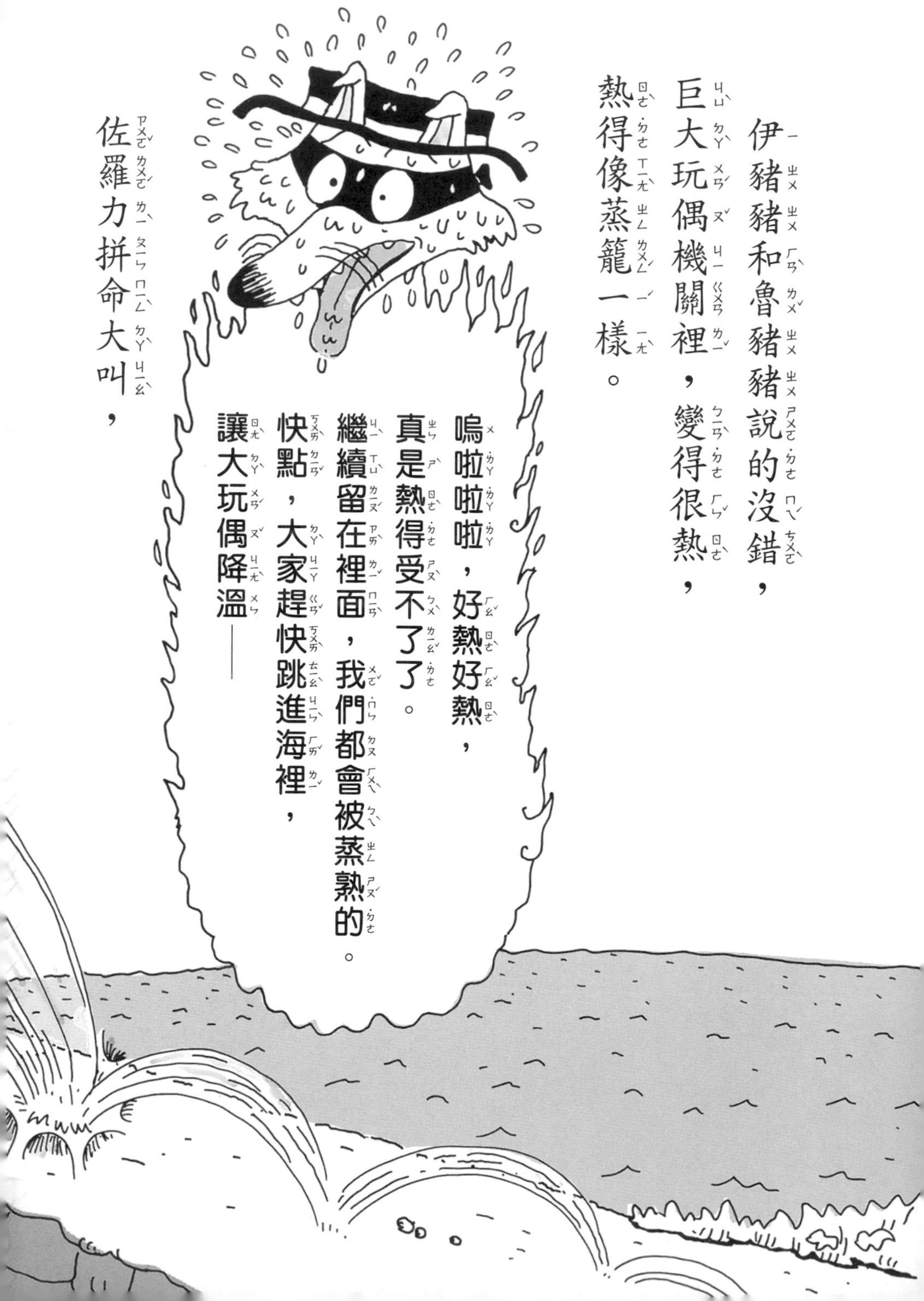
嗚啦啦啦，好熱好熱，真是熱得受不了了。繼續留在裡面，我們都會被蒸熟的。快點，大家趕快跳進海裡，讓大玩偶降溫——

巨人大玩偶機關跳了起來，躍過小朋友們的頭上——

——掉進海裡了。
噗咚!!
小朋友看到海裡濺起巨大的水花，紛紛討論著。
老師，原來世界上真的有妖怪。
我、我到現在還忍不住發抖……

嗯，老師以後
也會相信有妖怪
這件事了。

一直站在樹後面偷聽的
妖怪學校老師，
聽到老師說的話，
心裡對佐羅力佩服得不得了。
「不愧是佐羅力大師，
真是太偉大了，
居然能讓小朋友相信有妖怪。」

這時，大海裡卻已經忙成一團了。巨人大玩偶機關掉進海裡的時候，兩隻腳的地方破掉了，於是，海水就從破洞裡不停的灌進來。

啊——啊，好不容易才降溫，這下又被水包圍了。

啊——佐羅力他們幾個人
會不會就在這個不斷漏氣的
大玩偶內溺水而死呢？

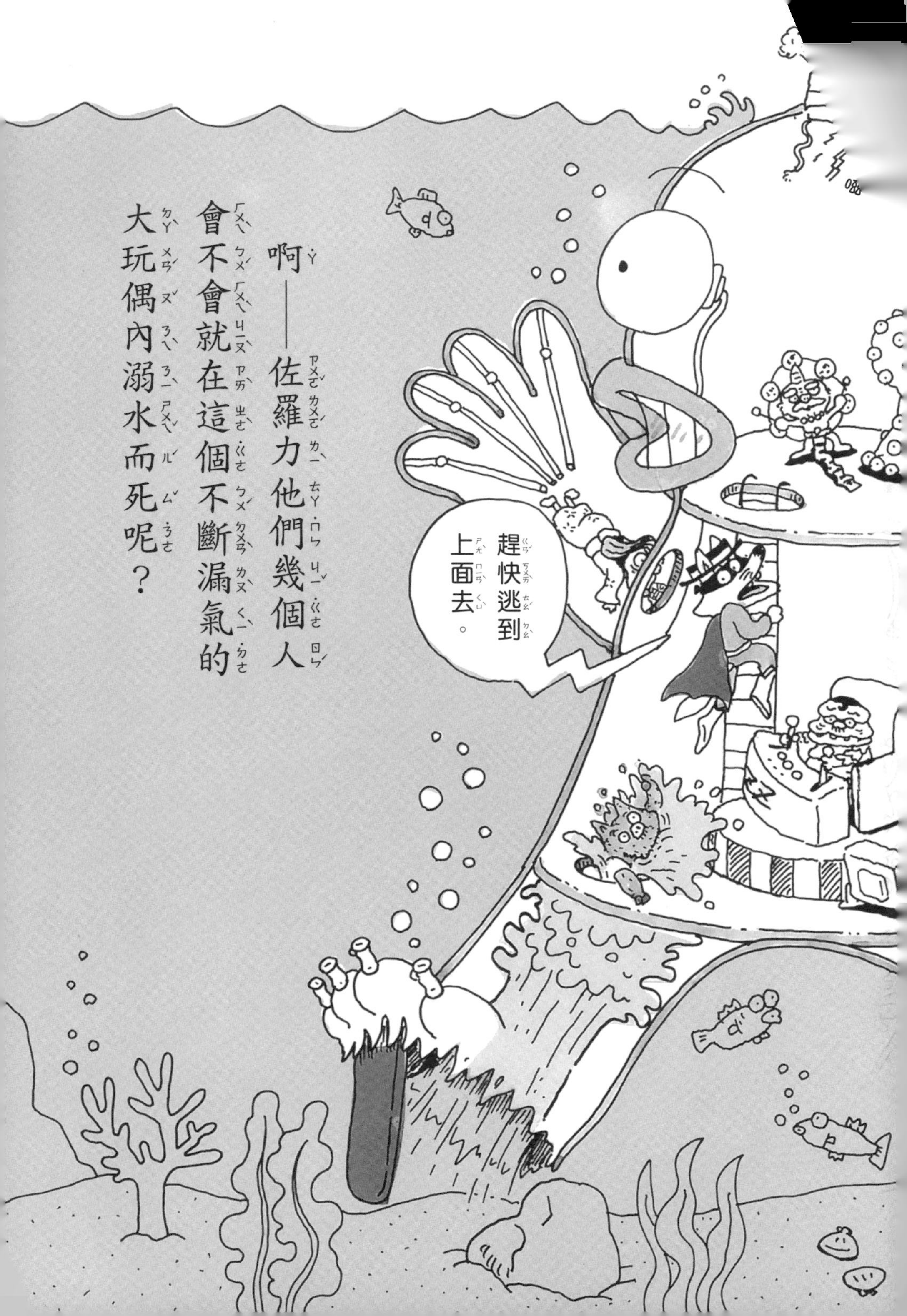

不，就在這時，
驚人的情況發生了。
原本因為年紀老了，
身材變得又矮又小的
巨人妖怪，
他的身體碰到水之後，
居然變得愈來愈大，
愈來愈大，
愈來愈大。

巨人妖怪的身材會
變得皺巴巴、愈來愈小，
一定是因為身體裡的水分
隨著年紀漸漸流失的關係。

現在，巨人妖怪
就好像是
乾海綿吸了水，
一下子膨脹起來，
變回以前的大巨人模樣。

最後，
巨人妖怪
變得很大很大，
愈來愈大，終於，
撐破了大玩偶。
他把沉在水裡
快要溺死的同伴
全都救了起來，
放在自己的頭頂上。

他轉過身，
划呀，
划呀，
划呀，
划呀，
飛快的，
游向岸邊。

當佐羅力一行人回到岸邊時，妖怪學校的老師立刻走上前來，歡迎他們。
佐羅力大師，真了不起，幹得好啊。我好久好久好久沒有看到小朋友們這麼害怕妖怪了。
相信這幾個老妖怪也應該都恢復自信了。這是一點點小小的心意，不成敬意，請您收下。

呃？啊？是嗎？要送我嗎？那我可就不客氣了，呵嘿嘿。
10000圓
呃……裡、裡面只有一張電話卡？而且才只能夠打五十通電話，本大爺虧大了。
禮物
喂，伊豬豬，你不覺得我們這一次的戲分很少嗎？
對啊，魯豬豬，我也這麼覺得。我們去抗議，要求作者要增加我們的戲分。
火大 火大
火大 火大
不爽 不爽 不爽

☆這是妖怪學校的老師剛才送給佐羅力的電話卡。

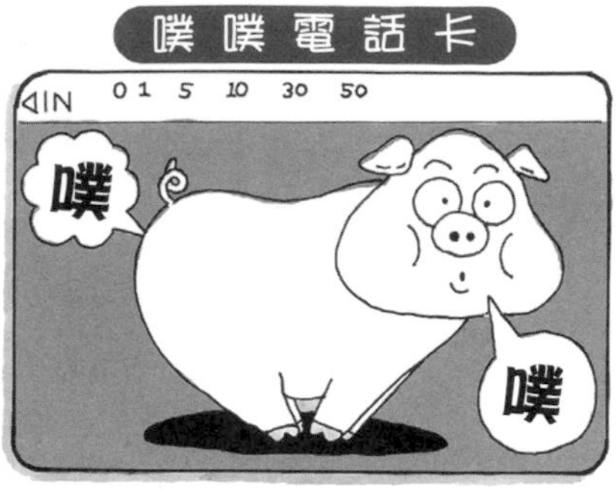

聽說就是這張醜不拉幾的電話卡引發了下一集故事中的事件。

• 作者簡介

原裕 Yutaka Hara

一九五三年出生於日本熊本縣，一九七四年獲得ＫＦＳ創作比賽「講談社兒童圖書獎」，主要作品有《小小的森林》、《手套火箭的宇宙探險》、《寶貝木屐》、《小噗出門買東西》、《我也能變得和爸爸一樣嗎？》、【輕飄飄的巧克力島】系列、【膽小的鬼怪】系列、【菠菜人】系列、【怪傑佐羅力】系列、【鬼怪尤太】系列、【魔法的禮物】系列等。

• 譯者簡介

王蘊潔

專職日文譯者，旅日求學期間曾經寄宿日本家庭，深入體會日本文化內涵，從事翻譯工作至今二十餘年。熱愛閱讀，熱愛故事，除了或嚴肅或浪漫、或驚悚或溫馨的小說翻譯，也從翻譯童書的過程中，充分體會童心與幽默樂趣。曾經譯有《白色巨塔》、《博士熱愛的算式》、《哪啊哪啊神去村》等暢銷小說，也有【魔女宅急便】系列、【小小火車向前跑】系列、《大家一起來畫畫》、《大家一起做料理》【大家一起玩】系列等童書譯作。臉書交流專頁：綿羊的譯心譯意。

國家圖書館出版品預行編目資料

怪傑佐羅力之妖怪大作戰
原裕 文、圖；王蘊潔 譯 --
第一版. -- 台北市：天下雜誌, 2012.03
92 面 ;14.9x21公分. -- （怪傑佐羅力系列；15）
譯自：かいけつゾロリのおばけ大さくせん
ISBN 978-986-241-487-3（精裝）
861.59　　101002117

怪傑佐羅力系列 15

怪傑佐羅力之妖怪大作戰

作者｜原裕
譯者｜王蘊潔
責任編輯｜黃雅妮
特約編輯｜游嘉惠
美術設計｜蕭雅慧

天下雜誌群創辦人｜殷允芃
董事長兼執行長｜何琦瑜
兒童產品事業群
副總經理｜林彥傑
總編輯｜林欣靜
主編｜陳毓書
版權主任｜何晨瑋、黃微真

出版者｜親子天下股份有限公司
地址｜台北市 104 建國北路一段 96 號 4 樓
電話｜（02）2509-2800　傳真｜（02）2509-2462
網址｜www.parenting.com.tw
讀者服務專線｜（02）2662-0332
週一～週五：09:00~17:30
讀者服務傳真｜（02）2662-6048
客服信箱｜parenting@cw.com.tw

法律顧問｜台英國際商務法律事務所・羅明通律師
製版印刷｜中原造像股份有限公司
總經銷｜大和圖書有限公司
電話｜（02）8990-2588

出版日期｜2012 年 3 月第一版第一次印行
2022 年 10 月第一版第十八次印行
定價｜250 元
書號｜BKCCH052P
ISBN｜978-986-241-487-3（精裝）

訂購服務
親子天下 Shopping｜shopping.parenting.com.tw
海外・大量訂購｜parenting@cw.com.tw
書香花園｜台北市建國北路二段 6 巷 11 號
電話（02）2506-1635
劃撥帳號｜50331356 親子天下股份有限公司

日本熱賣25年，狂銷3,300萬本的經典角色

讓你笑到彎腰、幽默破表的開胃閱讀系列

怪傑佐羅力

連續五年圖書館小學生借閱率前三名

不論遇到什麼困難，佐羅力都絕對不會放棄。我認為懂得運用智慧、度過難關，這種不放棄的精神，是長大進入社會以後最重要的事。

——【怪傑佐羅力】系列作者　**原裕**（Yutaka Hara）

不靠魔法打敗哈利波特的佐羅力

日本朝日新聞社調查幼稚園~國小六年級3,583位小朋友，佐羅力打敗哈利波特，是所有小朋友心目中的最愛！

風靡所有孩子的佐羅力精神

★雖然每次的惡作劇都失敗，卻反而讓佐羅力成為樂於助人的正義之士。

★不管遇到什麼挫折，佐羅力總是抬頭挺胸向前走。

★雖然媽媽不在身邊，卻總是想著媽媽，勇敢面對挑戰，所以佐羅力永遠不會變壞。

★不只故事有趣，藏在書中各處的漫畫、謎題、發明，每次讀都有新發現。

下一本永遠更有趣，讓孩子想一直讀下去

佐羅力雖然很愛惡作劇，卻常常失敗，反而幫助了別人，真是太好笑了！

——台灣・陳稷謙・小三

【佐羅力】系列不僅字體大容易閱讀，還包含很多像漫畫般的插圖，非常適合作為孩子自己閱讀的第一本書。我的孩子是因為看了【佐羅力】，才變得能夠單獨閱讀一本書。

——日本・家長

雖然佐羅力很愛惡作劇，卻很看重朋友，一不小心還會做好事。這點讓女兒覺得很有趣，還讓她聯想到自己與朋友間的關係，甚至產生「佐羅力即使失敗，也會多方思考，絕對不放棄」這樣不怕挫折的想法。

——日本・家長

現在就和佐羅力一起出發！

為了向天國的媽媽證明，自己能夠成為頂天立地的「惡作劇之王」，佐羅力帶著小跟班伊豬豬、魯豬豬，展開充滿歡笑和淚水的修練之旅……

佐羅力

為了讓在天堂的媽媽以他為榮，佐羅力立志成為「惡作劇之王」，勇敢踏上修練之旅。旅途中佐羅力喜歡打抱不平，常有驚人的創意發明，雖然每次惡作劇都以失敗收場，卻陰錯陽差解決難題，搖身變成眾人感謝的正義之士。

伊豬豬、魯豬豬

貪吃的野豬雙胞胎，哥哥伊豬豬右眼和右鼻孔比較大；弟弟魯豬豬左眼和左鼻孔比較大。兩人因為仰慕佐羅力成了小跟班，尊稱佐羅力為大師，卻總是幫倒忙，造成不可收拾的混亂，拖累佐羅力的計畫。

佐羅力的媽媽

溫柔的母親是佐羅力最念念不忘的人，但她在佐羅力小時候就已經去世。由於佐羅力個性迷糊，讓她即使在天堂，卻仍然常常來到人間，關心寶貝兒子的一舉一動，偶而還會偷偷幫助佐羅力，是一位愛子心切的好母親。

親子天下 天下雜誌出版

購書及訂閱電子報・天下童書館 www.cwbook.com.tw/kid

親師生三方互動最佳的橋梁・親子天下網站 www.parenting.com.tw

之後，那幾個老妖怪……

自從有了佐羅力的協助，妖怪們都找回了自信，不知道他們現在過得好不好呢？

打雷爺爺

☆聽說打雷爺爺有時候會偷偷的溜進別人家裡充電，然後再跑出去外面下一場雷陣雨。

（如果，你家裡的電費突然變貴，搞不好是打雷爺爺搞的鬼）

洗紅豆妖怪

紅豆專賣店
紅又紅
高品質紅豆
好吃的紅豆

☆她開了一家紅豆專賣店『紅又紅』，當了老闆娘。不管客人何時上門，都能買到高品質的紅豆，很受客人喜愛。有時也會心血來潮，去路上洗紅豆嚇人，不過，她從沒忘記幫她的紅豆專賣店打廣告。

要買紅豆就去『紅又紅』
沙沙

巨人妖怪

☆他曾經一度回到山上過生活，但是兩個星期後，他的身體又開始變乾、縮水。所以，他決定回到海裡重新出發，現在變成了「光頭海妖」。

前輩你好，請多多關照。
啊，你也來當光頭海妖嗎？加油囉。

•他就是《怪傑佐羅力之恐怖幽靈船》中，原本是光頭海膽妖，後來換工作變成了「光頭海妖」。

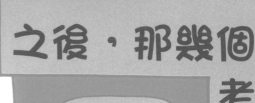